EL TEATRO POR DENTRO

Ramón de la Cruz

Mutación de calle, con la puerta de una casa entre dos bastidores, y a ella estará un soldado, con una vara en la mano, y alrededor, puestos de un lado en ala, ESTEBAN, JUAN MANUEL y PEPITO, de chulos de capa, y el último con un ramillete en la mano, imitando lo posible la puerta de la calle del Lobo al vestuario.

PEPE   ¿Ha venido la Mariana?

JUAN MANUEL   ¿Cuánto ha que vino?

ESTEBAN   Es incierto.

JUAN MANUEL   Pues qué ¿no la he visto yo?

ESTEBAN   Hombre, no sea usté embustero.
¡Si estoy yo aquí desde antes
dc las dos!

PEPE   Preguntaremos
al soldado.

ESTEBAN   No ha venido.

JUAN MANUEL   Pues ¿quién es la que ahora mesmo,
entró?

ESTEBAN   La Portuguesita.

JUAN MANUEL   Eso es lo que yo no creo,
porque si ella fuera, ya
verías los cumplimientos
que me hace. Todas las noches
voy a su casa si quiero.

ESTEBAN   Hombre, no sea usted fachendas.

¿Quién es usted para eso?
Si fuera yo, que tal cual
en la casa salgo y entro
de la Vicenta Cortinas
como en la mía.

JUAN
MANUEL   ¡Qué enredo!

ESTEBAN   ¿Qué apuesta usted a que voy,
pico el tabaco y enciendo
el cigarro a su marido?

(Sale una silla, porteada por SILLETERO 1.º **y** SILLETERO 2.º**, que traen a la** PACA**.)**

SILLETERO
1.º   *Cun* licencia, caballeros.

PEPE   ¡Viva la señora Paca!

LOS DOS   ¡Viva!

PACA   Yo les agradezco
a ustedes mucho el favor.

ESTEBAN   ¿Qué tonadillas tenemos
esta tarde?

PACA   Yo no canto.

PEPE   y
LOS DOS   Pues no hay nada de provecho.

SILLETERO
1.º   Hombre, anda, ¿en qué te detienes?

SILLETERO
2.º   ¿No ves que al *pasu* están *puestus*?

SILLETERO   Anda tú para adelante
1.º   *y atropéllalus a ellus.*
            (Se entran.)

(Sale un OFICIAL, de capa, y se va a entrar muy serio.)

OFICIAL   ¿Si habrá venido la Paula?

SOLDADO   ¿A dónde va usted tan serio?

OFICIAL   Adentro a ver a un amigo.

SOLDADO   Nadie puede entrar adentro
            sin licencia de la villa
            o que tenga, por lo menos,
            motivo justo de entrar.

OFICIAL   Yo mis motivos me tengo;
            mas, con licencia de usted,
            aguardaré aquí a un sujeto.

SOLDADO   En la calle, mas que aguarde
            usted cuatro regimientos.

(Sale PONCE.)

PONCE   ¿Están todas las mujeres?

SOLDADO   La dama y segunda pienso
            que faltan.

PONCE   ¿A dónde vais?
            (A los SILLETEROS que vuelven.)

SILLETERO   Ya *hemus venidu y vulvemus*

1.º   *pur* la señora Mariana.

PONCE   Pues decid que venga presto,
                 que son cerca de las cuatro.

SILLETERO   *Nosotrus* bien lo *diremus*,
1.º   mas se están *empulvurandu*
                 y mandan esperar *luegu*.
                 ¿Qué *hemus* de hacer?

SILLETERO   Anda, hombre,
                 y no gastes *argumentus*.
                 (Vanse.)

PONCE   ¿Y los hombres están todos?

SOLDADO   Faltan Chinica y Espejo
                 no más.

PONCE   Guarde Dios a ustedes.

PEPE   Señor autor, ¿y tenemos
                 buenos bailes?

PONCE   Lo que está
                 de nuestra parte se ha hecho;
                 mas ¿quién hará juicio en cosas
                 que penden del gusto ajeno?
                 Adiós, señores.

LOS
CUATRO   Agur.

ESTEBAN   Y usted no tenga recelo,
                 que en siendo tal cual la fiesta.
                 nosotros la ensalzaremos.

JUAN   ¡Qué tarde que viene Ponce,
MANUEL   siendo autor!

OFICIAL   Pues, majadero,

¿no sabes que anda estos días
ocupado, disponiendo
otra función en su casa?

(Sale ESPEJO.**)**

ESPEJO	Buenas tardes, caballeros.
TODOS	Téngalas usted muy buenas.
OFICIAL	Diga usted, señor Espejo, ¿tenemos buenos sainetes?
ESPEJO	Sólo uno grande tenemos, por no hacer la función larga.
ESTEBAN	¿Tiene usted papel de ciego?
ESPEJO	No, señor; es de abogado.
JUAN MANUEL	Pues a fe que estará bueno.
ESPEJO	Eso será como ustedes y los demás mosqueteros gustaren.
OFICIAL	No tema usted, y valor, porque en queriendo nosotros no hay función mala.
ESPEJO	Pues de su favor espero que nos protejan la de hoy.
ESTEBAN	Vaya usted con Dios, que haremos justicia.
ESPEJO	Muchos recados

al patio.

ESTEBAN   Se los daremos
en nombre de usté.

ESPEJO   Y que todos
en sus manos nos ponemos.
 (Vase.)

JUAN
MANUEL   Este Espejo es buen hombre.

ESTEBAN   Es razón que le ayudemos
en lo posible.

JUAN
MANUEL   ¡Chinica!
 (Viéndole salir.)

ESTEBAN   Éste sí que es de los nuestros.

TODOS   ¡Viva el salero de España!

(Sale CHINICA.**)**

CHINICA   ¿Y adónde está ese salero
si ustedes saben, señores?

ESTEBAN   En usté solo, y sobre eso
solo, el barrio de San Juan
pondrá a todo el mundo un pleito.

JUAN
MANUEL   Si todo el mundo lo dice,
¿qué hay que pleitear?

CHINICA   Y a todo esto,
¿saben ustedes qué hora es?

SOLDADO   Aún tiene usted mucho tiempo,

que no han venido las damas.

CHINICA   Ésas tienen privilegio
          para hacer lo que quisieren.

ESTEBAN   ¿Y tiene usted mucho y bueno
          que hacer esta tarde?

CHINICA   Poco,
          porque han dado los ingenios
          en que no se ha de mezclar
          lo ridículo en lo serio.

TODOS   ¡Qué tontería!

OFICIAL   Conforme,
          que la comedia, en teniendo
          buenos lances y tratando
          con verdad el argumento,
          con viveza las pasiones
          y naturales los versos,
          no pierden, por no tener
          gracioso, el merecimiento.

CHINICA   ¡Y luego dirán que no
          lo entienden los mosqueteros!

OFICIAL   Que lo escriban y lo hagan,
          y verán si lo entendemos.

ESTEBAN   Y quizás algo mejor
          que alguno que paga asiento
          de seis reales de vellón.

SOLDADO   A un ladito, caballeros,
          que viene la dama.

OFICIAL   Voy
          a decirla dos requiebros.

CHINICA   Anda, que amiguita es la otra
de chuladas.

SILLETERO *Pasu lentu,*
4.º

hombre, que andas que parece
trote de *machu gallegu.*

**(Sacan en la silla a la señora PAULA el
SILLETERO 3.º y el SILLETERO 4.º, de
gallegos.)**

SILLETERO *Vei* despacio, que *nun vamus*
4.º

a ganar el *jubileu.*

SILLETERO Es que *llas* mujeres pesan
3.º

muchu.

SILLETERO Pues soltallas *luegu.*
4.º

OFICIAL   ¡Viva la Paulita hermosa!

PAULA   ¡Vaya a chulearse al infierno!

SILLETERO Hombre, entra.
4.º

SILLETERO Están travesadas
3.º

las dos sillas que hay *adentru.*

SILLETERO Pues posa.
4.º

PAULA   Y qué ¿he de apearme
yo en la calle?

SILLETERO No hay remedio.
3.º

PAULA   Pues es buena desvergüenza.

SILLETERO A los otros *silleteirus*
4.º

con ese *recadu.*

OFICIAL   Yo
               abriré la silla.

SILLETERO   *Buenu,*
3.º   Juan, ya *tenemus* patente.

PAULA   No gusto de majaderos,
               hijo, ni aguanto chuladas.

OFICIAL   Yo soy el que va siguiendo
               siempre la silla.

PAULA   Ya he dicho
               a usted que no gusto de eso,
               porque yo me sé andar sola.

SILLETERO   Y si se ofrece algún *cuentu,*
3.º   también *vamus* dos, que a coces
                 con veinte *nus atrevemus.*

PEPE   **(Con mucha sumisión.)**
               Usted perdone y admita
               en este ramo el afecto
               de un apasionado.

PAULA   ¡Viva,
               amiguito!

PEPE   Más contento
               estoy que si me tocara
               de la lotería un terno
               de veinte mil reales. ¿Gusta
               usté la vaya sirviendo?

CHINICA   No, señor; que esta fortuna
               me toca a mí y no la cedo.
               (La coge de la mano.)

PAULA   Déjele usté al pobrecillo.

CHINICA   Vaya a la escuela el mozuelo
          y deje cosas que sólo
          pertenecen a hombres hechos.

PEPE   Pues yo le aseguro a usted
          que se acuerde de mí; luego
          le he de silbar.

CHINICA   Vamos, vamos,
          que viene la orden. Adentro.

PAULA   Señor soldado: a estas gentes
          que desocupen el puesto.

SOLDADO   Vamos fuera de la puerta.

TODOS   Aguárdese usted.

SOLDADO   No puedo.

([...] demás según dirán los versos; atravesando el tablado las criadas y mozos que quisieren o los de comparsa vestidos y algunos con gorro y otros vistiéndose, y el apuntador. Durante un corto tiempo, que los procura apartar el soldado, se descubre telón y bastidores del revés, con las candilejas apagadas, cuatro o seis sillas con ropa; ESPEJO, ya vestido, con gorro; PONCE dando órdenes; la MARÍA PEPA sentada junto a un bastidor cerca de ESPEJO y las [...])

PONCE   Guardarropa, ¿tienes prontos
          todos cuantos estrebejos
          se te piden en la lista?

VOZ   Sí, señor; pronto los tengo.
          (Dentro.)

JOAQUINA Gertrudis, ¿me haces el gusto

de prenderme este pañuelo
por detrás?

GERTRUDIS Con mucho gusto.

PORTUGUESITA ¿Quién me tiene aqueste espejo,
que me han quitado los polvos
de aqueste lado derecho?

PACA   ¡Por vida de los demonios,
que a nadie sucede esto
en el mundo!

TODOS   Pues ¿qué ha sido?

PACA   El diablo del peluquero
mío, que aquí le mandé
venir, como a nada tengo
que salir hasta el sainete,
y a las cuatro no le veo.

(Sale IBARRO, **como ministro.)**

MINISTRO Dios guarde a usted, señor Ponce,
que esto se empiece luego
previene su señoría.

PONCE   Chicos, vamos encendiendo;
pero aún no son los tres cuartos.

MINISTRO Al reloj del Buen Suceso
ya han dado las cuatro.

PONCE   Pues aún faltan, según creo,
dos mujeres.

(Salen PAULA y CHINICA.**)**

PAULA   Yo aquí estoy.

CHINICA   Y yo, aunque venga el postrero,
           hasta el baile no hago falta.
           Vamos; a vestirse presto,
           señora.

PAULA   Por mí ya pueden
           empezar, que poco tengo
           que vestir.

MARÍA   ¿Quiere usté, hermana,
PEPA   que la sirva?

PAULA   Pues, por cierto,
           que tú servirás de mucho.

MINISTRO   Qué, ¿no tiene papelejo
           en la comedia de hoy?

MARÍA   No, señor; que fuera yerro
PEPA   dar chascos tan repetidos
           al piadoso, afable pueblo
           de Madrid, que por diez días
           toleró el pueril obsequio
           de mi corta habilidad,
           y aunque mi agradecimiento
           a sus bondades me inclina
           a repetirle mi afecto
           humillado, temerosa
           de cansarle,no me atrevo,
           hasta que me proporcione
           con la aplicación y el tiempo,
           a hacer continuo en mis aras

de mi fatiga el incienso.

MINISTRO ¡Viva! Vamos, señor Ponce.

PONCE Señor, ya están encendiendo.
Vamos, señores, que la orden
ha venido.

MINISTRO No sean lerdos.

CHINICA ¿A dónde están mis calzones?
¿No pueden ir al infierno
a poner su ropa? Todos
han de mojar en mi puesto.

ESPEJO ¡La peluca!

OTROS ¡Los zapatos!

OTROS ¡Los venablos!

CORTINAS ¡El espejo!

GARCÍA ¿Por qué lado salgo yo,
señor Chinica?

CHINICA Yo creo
que usted ya no entra ni sale.

(Salen MARIANA y el SILLETERO 1.º, con excusabaraja y con el chico en brazos.)

MARIANA Buenas tardes, caballeros.

PONCE Mariana, vamos ¡por Dios!

MARIANA ¡Ay, que me vengo muriendo!

SILLETERO
1.º A un hombre le hacen cargar

con la cesta, los muñecos
y *todu*. Algún dís traerán
la casa. Yo soy *silleteiru*,
mas *non* soy *mozu* de esquina.
De mi paciencia *reniegu*.
¡Maldita sea tu casta!

ESPEJO   ¿No ves que me estás poniendo
del revés el corbatín?

CHINICA   ¡Si yo supiera el camueso
que me ha andado con la ropa!

MARIANA   Hijas, ¡qué mala que vengo!

TODAS   Pues, ¿qué, traes, mujer?

MARIANA   Comí
un gran plato de pimientos
asados, un cochinillo
con más de limón y medio
y luego me harté de crema;
y, amiga, estoy que no puedo
alentar.

PAULA   Si tú eres loca;
por eso que yo me abstengo
de todo: sólo he comido
ayer y hoy un plato lleno
de pepinos en vinagre,
doce alcachofas y un cuenco
con media azumbre de leche.

CHINICA   ¡Que no revienten, haciendo
éstas tantos disparates!

MINISTRO   Hombre, no sea usted tan lerdo.

PONCE   Ya voy a mandar tocar.

CORTINAS   **(A su criada o mirando dentro.)**
            Dime, maldita, ¿qué vuelos
            traes aquí? Marcha por otros,
            y si replicas te estrello.

PONCE   ¿Qué hace aquí toda esta gente?
            A su oficio, caballeros;
            se ha acabado de encender.
            ¿Está ya en el agujero
            el apuntador?

VOCES   ¡María!

VOCES   ¡Guardarropa!

SOLDADO   El clarinero
            está ahí.

PONCE   Dígale usted que entre.

SOLDADO   Y ahí pregunta un caballero
            qué entremés se hace esta tarde,
            que le es preciso saberlo.

PONCE   Dígale usted que ninguno,
            porque el primer intermedio
            es una gran pantomima
            en que se verá algo nuevo.

CHINICA   Pues más me gusta a mí el baile
            segundo.

PONCE   Vamos a verlo,
            que empieza ya la obertura.

CHINICA   A ver si lograr podemos
            en la brevedad y afanes
            el honor que apetecemos.

TODOS   Cual es servir a Madrid
          y a todo su grato pueblo.